어느
누구의 모든 동생

어느
누구의 모든 동생

서윤후 시집

민음의 시 221

민음사

어디 가서 절대 말하지 말라고 했다
그리고
나는 어졌다

2016년 2월
서윤후

차 례

1부

2부

3부

1부

가정

눈곱 낀
일요일의 사람들

누군가 선물로 해 준 작명
얼어붙은 이름을 자꾸 불러 주자
녹기 시작한 피

동생이 형처럼 엄마가 언니처럼
누나가 아이처럼 아빠가 유령처럼

커튼을 열고 환기를 시키는 동안의
혼숙

희디흰

흰 옷을 입고 있었다
어떤 얼룩을 기다리는 것처럼 조용하게

애어른 같은 아이를 키우는 집은 행복할 것 같다고 옆집
사람은 어머니에게 말했다

공사장에 다녀온 사람은 불을 끄고 잠이 들었다 아침이
되었을 때에도 검은 발바닥은 검은 발바닥이었다 더러워도
더럽다고 할 수 없었다

팔레트의 굳은 물감
두 번째 신는 흰 양말

마른 빨래를 개키던 어머니를 돕고, 하고 싶은 말을 삼
키며 조용히 책도 읽었다 뒤통수를 쓰다듬어 주는 깨끗한
손이 있었다

타일이 풍기는 표백제 냄새
깨끗해졌다고 믿는 중독

그의 발바닥을 그렸다 검은 생각들이었기 때문에 깊은
밤 속에 파묻혀 아버지가 화가였으면 좋겠다고 생각했다
지우는 일만 하던 어머니의 표백된 얼굴이

자꾸 생각나지 않을 때마다 나는 병에 걸렸다
흰 색을 잃어 가는 여전히 흰 옷 같은 나의 세포

나에게 묻은 것들이 무엇인지
보호하는 이 깨끗한 색으로부터
나는 가장 위험했다

궤백

아브라함 평원에는 무슨 일이 있었나 탈 수 없는 꽃마차
가 붉은 벽돌 길을 횡단한다 이민자들의 줄은 끝이 보이지
않고 나와 동생, 차례를 기다리며 이곳에서 귀한 검은 눈
알을 꺼내 두었다

감자를 깎으며 내리는 눈을 보았다 감자밭이 뒤덮여 버
렸네, 동생이 말했다 빨간 십자가만 유일하게 뒤덮이지 않
은 색깔이었는데 색맹이 있어 나와 동생은 서로의 양말을
섞어 신고선 시린 발들을 식탁 밑으로 숨겼다

학교에서 눈보라를 뚫고 돌아온 동생이 그림을 보여 줬
다 단 한 자루만 짧아져 가는 크레파스를 만지며 우리에겐
왜 두 개의 눈이 있을까? 동생이 그랬다 감자 껍질들을 길
게 깎아 쥐구멍 앞에 놓아 주었다

성당의 종소리가 울리면 커튼을 뒤집어쓰고 성호를 그
었다 너는 나를 믿지? 동생은 대답했다 오빠도 색깔을 모
르잖아 불 꺼진 벽난로 앞에서 그날 밤 한 개의 그림자를
나눠 덮고 잠에 들었다

나와 동생은 무슨 색의 털실로 엉켜 있었는지, 다 하얗다고 믿는 동생은 일 년 내내 폭설이었다 다 검다고 믿는 나는 동생을 업고 긴 터널을 건넜다 우리는 단지 조금 다른 높낮이의 울음소리를 냈다 구별되는 슬픔이 있었다

나의 연못

1.
우리는 아직 아무도 데리러 오지 않은 동생

2.
고요한 교실
투명한 햇빛에 흩날리는 먼지 바라보다
철제 필통을 떨어트렸다

모두가 나를 쳐다보았고
나는 귀가 빨개졌다

간밤에 깎은 연필들이 부러졌다
아무것도 적을 수 없는 흰 종이 앞
화분에서 길 잃은 꽃말처럼
나는 나의 이름을 외웠다

3.
내가 자주 가는 연못엔
아무도 오지 않았다

물방개 튀어 오르고 발을 담가도 혼나지 않을 깊이, 연못
을 잊은 사람들은 오랜 잠수 시합을 하고 있거나 저수지에
갔을까 바다가 되기엔 담가야 할 발목들이 부족한 이곳은

　내가 자주 오던 연못이었다

　4.
　눈에 흰 천을 두르고 숨바꼭질했다
　아이들이 손뼉 치며 여기야, 아니 저쪽이야
　귓속말이 내게 바람처럼 불어왔다

　손으로 만질 수 있었다 술래가 바뀔 차례인데 방 안엔
아무도 없었다 문은 언제나 열려 있었다
　다만 아무도 들어오지 않았을 뿐

　5.
　손을 갖다 대면 온도계는 아주 조금 움직였다
　아직 나에게 남은 에너지

집에 가는 길엔 모르는 여자아이의 손을 잡았다 빨개진
귀는 누가 물들이는 걸까 두 뺨 붉게 달아오르는 나란한
거리에서 발생된 체온

6.
나는 어느 누구의 모든 동생처럼
책상 밑에 숨는, 아직은 작고 연약해서
이불이 너무 커 밤새 이불 밖으로 나오지 못했다
창문 밖에 나를 데리러 올 사람이 있어
연못처럼 조용한 성격에
내일의 연필을 깎아 줄 수 있는 솜씨를 지닌
아무도 없는 방에서 손뼉 치고
여기야, 바로 여기에 있어
숨은 적 없이 숨어 있게 된 방 안
죽은 손목시계는 멋으로 차고
고장 난 태엽을 돌리며 나는 오랫동안
나를 맴돌았다

7.
초인종 누르지 않고도 찾아드는 은인들에게

연못이 바다보다 더 어려운 둘레라는 것을
설명하지 못하고 굳어 갈 때

풀이 죽은 동생이
죽은 따옴표로 흰 접시를 채웠다
밥을 먹을수록 말수가 사라지는 동생
이 병신아
소리 없이 우는 건 누가 알려 줬냐고

멱살을 흔들던 그림자가
연못 속으로 뛰어들었다 아무것도
입지도 벗지도 않은 채 낱낱이

나의 연못에 온 첫 손님이었다

희미해진 심장으로

좋은 일에 쓸 예정이다 오늘치의 어둠을 모아서 어두웠
던 것을 빛나 보이게 할 생각이다

단 한 번의 불을 켜기 위해 새가 날아오른다
수비대는 밤새 침묵으로 방어했다
그 무기가 탐나서
곧 전쟁이 시작될 것이다

어깨와 어깨 사이에 뼈가 있다
두 사람을 잇기 위해서 부러져야 하는 뼈
예쁘게 웃는 사람의 하얀 앞니가
오늘의 기분을 구부리는 데 성공한다

여름에 본 소년이 가을에도 소년이었을 때
겨울이 되면 안아 줄 것이다
데리러 가지 못한 봄에는 서로 모른 체하더라도
꽁꽁 언 피는 뺨과 귓볼에 그치게 될 것이다
난생처음 본 난로 앞에서

견디지 못한 몇 초와

견디고 있는 몇 년을 교환할 것이다

붉은 입술이 심장의 구멍이 될 때

머뭇거리는 일을 그만두고 싶을 것이다

곰팡이 첫사랑

생물 시간이 끝나면 다시 다정해지는 버릇 끝나는 종이 울리면 시작되는 실험 다정하게 너를 안아 줄수록 자꾸 커지는 상상력

아플수록 가까워졌고 잊을수록 뚜렷해졌다 무수히 많은 변인과 경우의 수를 두고 떠올리는 늙은 미래의 모습 노년의 너라면 할머니

비가 오는 날의 하교 너에게 우산을 주고 온 날이면, 우산을 잃어버렸다고 했다 잃어버린 것들에게도 다시 생기는 이름 작명하기 좋은 습도

따뜻할수록 징그러워졌다 번식하고 싶은 마음, 몰래 한 자위는 도둑질 같아서 너 말고 다른 사람을 생각했다 옆집 할머니

알코올램프의 심지처럼 꿈틀꿈틀, 생물 시간이 되면 궁금한 게 많아져 잡은 손의 눅눅함과 다른 유전자를 가진 피부가 맞닿는 느낌은 감염의 증상

창백한 얼굴에 핀 검버섯을 보았다 노년의 너를 상상하
지 않기로 했다 교복에 보라색이 물드는 병, 수군대며 아이
들이 너와 나를 관찰하고 있다

거장

우리는 만난 적도 없는데 헤어지기 바쁩니다 이름 불러 준 적 있는데도 생각나는 게 향기뿐인 사람처럼 선생님, 십 분 정도 늦을 것 같습니다

……에게. 이름보다 먼저 도착한 엽서를 샀습니다 벌거 벗은 소년이 피리를 부는 삽화가 그려진…… 선생님, 요즘 건강은 어떠신가요? 교차로엔 움직이지 않는 차들이 많습니다

죄송하지만 십 분 정도 늦을 것 같습니다

이미 사라지고 없는 사람의 뼈를 붙잡고 말하는 것 같았습니다 그날 밤 기분은요 탁자에 걸터앉아 모질게 의자를 바라보았어요 선생님이 편하신 곳에서 봬요

같은 커피를 마시고 다른 카페인으로 뒤척이는 카페에 들어가 계신다면……
창가에서 선생님을 한눈에 알아볼 수 있을지도 몰라요

전쟁을 상상했어요 죽는 것이 사는 방법이라는 말, 창문 하나에 역설적인 온도에는 누가 관여하나요? 어디에도 없는 실내는 오로지 사람일까요?

질문이 많아 죄송합니다
선생님을 오래 기다리게 만들어서…… 면목 없습니다 저 같은 사람에겐 머플러를 선물하고 싶어요 목젖을 녹일 수 있을 만큼 따뜻한…… 그러면서 사랑을 고백하는 거죠 체온은 상납하기 쉬운 마음이잖아요

그러니까…… 선생님, 제가 하고 싶은 말을 선생님은 아시죠? 모든 걸 다 아는 사람이잖아요 모르는 걸 모를 뿐이라고, 선생님이 그러셨잖아요

거의 도착했습니다 방금 첫눈을 맞았어요
꽃다발을 사려고 했는데 마카롱을 삽니다

선생님은 말해 줄 수 있을 것 같아서, 뵙자고 했습니다 감당이 안 되는 난파선에서 물 대신 불을 생각하던 날엔,

가여운 밤을 출렁이며 보냈어요

이제 저 멀리 선생님이 보여요 아주 흐릿하게
첫눈을 맞고 있는 선생님이 그곳에 서 계셔서

다행히도……라고 운을 떼는 말들로 포장한 불행을 지피
며 벽난로에 겨울을 욱여넣고, 십 분 사이에 너무나 많은
일들이 있었고…… 꽁꽁 언 마카롱을 녹이기 위해 얼마나
달콤한 말들을 해야 할지

아직도 연인들이 발생하는 골목이 있습니까?
사랑하는 사람에게 목도리를 둘러 주며
사랑하는 사람을 바깥이라 생각하는 고백이
리본을 달 만한 일이라고 선생님은 생각하시나요?

귀찮은 제 질문들이 행여나 선생님의 안경을 뿌옇게 만
들지도 모르겠습니다 급해지는 건 시계가 아니라 시계를
찬 사람들임을

선생님, 꽁꽁 언 마카롱을 녹일 만한
그런 따옴표를 줍고 싶습니다만
홀로 집에 가는 그 길에서 다시 찾아뵙겠습니다
설령 비가 오는 날이더라도
끝끝내 모르는 척 해 주십시오 일기예보가 틀려도
살아 낼 수 있는 십 분이 제게도 생긴다면
부디 목례하며 지나칠 수 있는 밤의 세계에서
안녕히, 또 안녕히

예컨대, 우리 사랑

옛날 사람들이 들려주는 아주 오래된 이야기 버려지고도 다시 주워 깁는 그런 이야기엔 보이지 않는 것들이 있다 귀신이 되어 소문이 되어 떠돌던 예컨대

종이로 접을 수 없는 생물과 잡아 본 적 없는 손이 모두 따뜻할 때, 없었던 표정을 짓게 되고 우리 사이에 아름다운 낱말을 발명하면서 즐겨 하던 옛날 사람들의 놀이와 같은 것

기억을 잃었던 사람이 있었지, 그것조차 기억 못하는 사람, 파도에 발을 씻고서 다시 백사장을 밟는 사람, 옛날 사람들은 우리에게 아주 촌스러운 이름을 빌려주었다

끝말잇기가 끝나지 않고, 태어나 죽을 때까지 불러도 부를 수 없는 이름을 가지고 태어난 옛날 사람에겐, 편지를 부치지 못했다 크고 넉넉한 봉투가 없어서

온실 속엔 향기가 없는 꽃이 피었다 아무도 꽃을 꺾지 않는 정원엔 비가 내리고 바람이 불어도 괜찮았다 바라봐

줄 사람만 있다면 살아야 하는 것이 씨앗인 오늘

　손목시계에 밥을 주고, 열대어를 가만히 바라보던 사람
나눴던 대화를 종종 잊으면서도 곧잘 들어 주던 사람 옛날
사람들이 들려주길 우리는 사랑에 어설펐던 귀신이라고

취미기술

네가 좋아하면 그걸로 됐어
이미 죽은 것이니까

토끼의 심장을 손에 쥐고선 자두처럼 한입 베어 무는 싱
거움
모르는 낱말 없는 사전을 들고
다 아는 듯 말하지도 못하는 자랑

나는 내가 좋아하는 것이 나타날 때까지
열렬하게 실패하는 꿈을 꾸고 싶어

목줄이 힘줄로 팽팽해지는 착각
연습은 이것으로 끝내 볼게
캐치볼을 끝낸 아이들이 잃어버린 공이 되어
바람을 조금씩 빼앗기기 전에

고백은 자꾸 쉬워지고
살면서 기억하게 된 거절들이 매표소에서 편도 기차표
를 발권해

어디론가 떠나가게 되면서 돌아오는
내가 싫어 부메랑을 던지면

밀렵을 두려워하는
사냥꾼의 눈동자를 볼 수 있어

그 속에 이름 없는 꽃밭을 일구고
씨앗이 저지른 향기들을 무심코 사랑하게 되자
사서함 속에 넘쳐 나는 빈 엽서들
누가 몰래 쓰고 간 내 이름은
사랑 받으면서 이미 죽어 버린 것

알비노를 앓는 토끼 두 눈에 그제야 맛있어 보이는 심장
먹음직스럽게 숨을 쉴 때마다
예뻐지고 위험해지는 나는 너의 악취미

상속

아버지는 줍는 것을 좋아하는 사람이었다
옛날 사람의 말로, 아직 쓸 만한 것에 대해 후한 마음의
두께라는 것은
주어다 몰래 꽂은 위인전집이나 백과사전의 두터움

숙제로 키우는 양파와 고구마가 잘 자라지 않을 땐
창틀을 보았다 온갖 죽은 벌레를 볼 수 있는 학습이 있
었다

책은 내가 읽고 아버지는 책을 꽂는다 어느 날은 분리수
거장을 서성이다 빈손으로 돌아온다

줍고 버리고 줍고 버리는

버릴수록 나는 읽을 게 많아졌다 고구마에 작은 싹을
보았다 그만큼 바라보았는데
겨우 이만큼 자랐네 한숨 쉬는 창가
입김 사이로 다 읽은 책들이 다시 버려진다

코발트블루

　우리의 대화에서 어항 냄새가 난다 낱말은 꼬리를 흔들며 기억을 단련한다 비늘처럼 미끄러운 고백의 형식은 물을 비리고 흐릿하게 만든다 굴절된 얼굴을 바라보다 마음을 왜곡하며 싸우면서 대화로 풀자고 말하는 네게서 사육장 냄새가 난다 식탁을 책상처럼 쓰는 나와 책상을 식탁처럼 쓰는 네가 하나의 의자에 번갈아 앉는다 대화의 형식이 성립한다 쿠폰이 필요한 외식처럼 값비싼 식당에서 인테리어 흉을 보며 실내와 비슷해진다고 생각한다 우아한 샹들리에가 흔들린다 뒤섞이며 나는 냄새엔 이름을 붙일 수 없다 우리는 꼭 징그러운 물고기 같아서 숨 쉬는 동안에도 냄새를 키운다 버릴 수 없는 물속 사전이 두꺼워진다 망설임은 기포로 떠오른다 숨 쉬기 위해 그 말은 하지 말았어야 했는데 어항 속에 우리가 있다 헐떡이고 있는 서로를 바라보는

계피의 질문

아버지가 되는 꿈을 꿨다 아들은 계피 나무 우거진 언덕에서 사탕에 베인 혀로 휘파람을 불었다 박하 향이 흐르는 곳으로 담을 넘다가

깨진 무릎에서 나던 피는 언제부터 흐르던 생일일까 계피 사탕을 문 나의 어머니가 아들을 불렀다 내 이름에선 왜 계피 냄새가 나지 않을까

아들은 자라는 동안 뼈에 그늘이 드는 병에 걸렸다 햇빛에서 작아지는 아들을 업고 계피 나무 숲으로 갔다 좋지도 싫지도 않은 그런 산책을 하다가

아들은 넘어져 주머니 속 박하사탕이 깨졌다며 울었다 맛있을 것 같아서 오랫동안 남겨 둔 사탕을 그만 까마득하게 잊어버려 울었던 사람이 있었지, 그게 누군데요?

꿈에서 작별 인사 할 때, 아들은 나에게 어디 가냐고 물었다 심부름할 것이 있단다, 아들이 싫어하는 계피 사탕을 주머니에 가득 넣고서

꿈인 줄 알았는데 정말 꿈이라서 안도하면 나는 도둑으로 몰리게 될까 언젠가 아버지 외투에서 계피 냄새가 났었는데, 좋지도 싫지도 않은 등에 처음으로 업히던 날에

사탕과 해변의 맛

*

해변에 버려진 것 중엔 내가 가장 쓸모 있었다
버려진 사람들이 잃은 것을 대신해 다시
버려진 사람을 줍는 세계에서
우리의 수도는 어느 쪽이었을까
한 뼘의 파라솔이 그늘을 짓고 우리는
통째로 두고 간 유실물로 남겨져
하나의 관광지를 이룬다

*

파도의 디저트가 되네 하나밖에 모르는 맛으로 사탕처
럼 둥글게 앉아 녹아 가는 연인들
철썩이는 파도가 핥아 가네
발가락부터 녹으며 조금씩 둘레를 잃어 가는 사랑이여
사랑한다는 말을 남발하던 연인들이 전투적으로 질투하
고 비로소 세계는 달콤해지고 온화해지네

*

해변이라는 말을 좋아해

물에 젖는 건 싫어하지만 햇볕이 남아 있는 단어들은 아껴 먹으려고 남겨 둔 사탕 같은 것

*

내가 먹어 본 사탕 중엔 네가 제일 별로였어

너처럼이라는 직유가 가진
설탕과 소금 사이의 결정체

*

네 말에 끈적끈적해진 나는
입안의 상처들을 혀로 만지작거리며 피가 달다고 생각했다 달콤함을 모르고 조금씩 사라져 간다

*

바다가 범람하는 세계에서
너는 고작
오리발이었어

*

옷소매의 끝엔 해변이 있어
서툰 세수와 훔친 눈물로 적셔 놓은
사탕이 녹을 때까지만 출렁이는 해변에서 나는
말라 가지 않는 헤엄을 배워

안간힘을 다해서

파리소년원

내가 너를 데리러 갈게. 이 말에 기울어 가던 캐비닛에 달력을 접어 넣고 비워 둔 아이가 있었지. 이름보다 늦게 도착한 아이. 창밖으로 관측되는 전신주를 보며 에펠탑이라고 불렀지. 창문은 있지만 날씨는 알 수 없는 세계에서 천장만 뚫어지게 쳐다보던 아이. 굽은 등이 오븐 앞의 빵 반죽처럼 촉촉했던 아이. 대답을 잘하면 나갈 수 있다고 해서, 좋아하는 말을 해 줄수록 자신을 분실하던 아이. 그런 너를 데리러 갈게. 긴 복도를 사이에 두고 하나의 전신주를 보던 아이들을 자주 지나치던 것은 내일. 달라질까, 어제와 똑같아서 구부러지던 너희들은 결코 부러지진 않았지. 또 올 것처럼 인사했다가 오지 않는 사람들의 표정을 배우고 서로 약속은 하지 않는 것, 유일한 놀이는 이곳에 가둔 사람이 다시 데리러 올 것이라는 약속이었지. 반성으로 지워진 날엔 이름도 적지 못한 빈칸으로 빼곡했던 일기, 모두 창밖으로 바라보는 에펠탑 앞에서 두 팔 벌리고 기다리는 사람이 있어, 그게 너희들의 내일에 도착한 사람이라면 어떤 어른인지, 난 조금 커지고 비대해진 슬픔인데, 내가 두고 온 나는 너희 모두일까. 이름이 오버로크 되지 않은 체육복들만 펄럭인다.

포기

나는 창문의 취미가 된다
예측되지 않는 그런 구름에 둘러싸여서
흐린 마음을 닦는다

어린아이의 발꿈치
다정하게 손잡은 노부부
이런 장면들에 눈을 질끈 감게 된다

턱을 괴고 사는 동안
미워하는 사람의 목록은 늘어 간다
나의 모국어가 타인의 사전에 없을 때
갈증은 불쑥 찾아온다

나의 최선이 너의 목을 쥐고 있었다는 것
내일의 운세에 필요한
타로 카드 몇 장을 잃어버린 것 같다

하지 말아야 할 약속들만
카페의 메뉴판처럼 두꺼워진다

이제는 선택할 수 없는 것을 선택해

지울 때마다 번져 가는 사람들이
건강하게 잘 살아가고 있다는 소식을
계속 전해 듣게 된다

내일 일기예보도 잘 맞히지 못하는 내가
어제의 날씨도 떠올리지 못한다
누가 나를 지울 때마다
기억을 도난당하고 허기가 진다

먹기 위해서 창문을 닫았다

오픈 북

대화를 읽으면 관측되는 기후가 있다. 소나기를 맞지 않았는데, 춥지? 하며 건네는 찻잔 속의 소용돌이, 침묵은 희미해진다. 펼쳐 놓은 표정에 네가 없어 틀린 예보, 체온에 깜박 속을 뻔한 시간이 흐르고 우리는 두꺼워진다. 영영 보지 않을 책처럼, 또 만나자는 약속처럼 시작과 끝의 모든 구절은 반복된다. 꿈에서 접질린 손목으로 밥을 푸고 꼭꼭 씹어 먹으며 유예하는 슬픔은 자꾸 건강해진다. 미워하는 사람을 가둔 방마다 흉측한 내가 있고, 그런 나를 부르는 너의 친밀한 목소리가 헐겁다. 시합이 되어 버린 감정 때문에 길을 잃은 집은 고작 마음 한 칸, 한 칸의 한편에 배치된 책장, 책장에 기울어진 두꺼운 책, 그 속엔 온통 잃어버린 사람의 이름들로 쓰인 글이 있다. 날씨와 위로로 대신할 수 없는 구절마다 우리는 영영 찾지 못한 오탈자처럼 틀리게 기록되어 있다. 밑줄만이 우리를 덧칠하는

종이의 생활

나는 내 종이를 다해 편지를 씁니다

종이는 얇고 투명하게 우리 사이를 넘기다 베인 상처로
조금씩 행간을 만듭니다 그 정도의 눈금이 좋아서 나는
온 힘을 다해 나의 종이를 낭비합니다

또각또각 연필이 똑바로 걸어가는 일이 측은합니다 들
려주지 못한 이것은 종이로 접은 사람이 내게 읽어 준
  왼손으로 쓴 편지입니다

2부

에너지

얼음을 줍고 있었다 손에 가득 쥐자 천천히 사라졌고
두 뺨은 붉어졌다 내게도 아직 에너지가 남아 있다

풍차가 온몸으로 떠들고
언덕을 밀어내듯 바람을 일으킨다
오늘치의 언덕을 올라야 했던 순록 떼가 뿔을 눕힌다
구름을 상대한다

눈보라가 내리고 길이 사라진다 발자국이 차오른다
벽난로를 지피는 집집마다
연기가 피어오른다 연기는 바람을 돕는다

얼어 있던 손을 호주머니에 넣는다
체온은 나를 버릴지도 모른다

얼음을 입에 문 목동이 나를 찾는 휘파람을 분다
물이었을 때를 잊어 가는 얼음장에서
깨지는 자리마다 길이 열린다
나는 나를 따라나서지 않는다

다정한 공포

공포 영화를 되감기 하면서
귀신들이 제자리로 돌아가는 장면을 본다

나란히 이불을 덮으면 다시 시작하는 영화
다가올수록 섬뜩해지는 건
여전하기 때문이다 너의 옆에 있어 준다

손에 땀이 나면 어떡하지, 스스로 끈 형광등 불빛을 초
조하게
걸린 외투를 의심하며 성장하는 동공

망설이다가 줄거리를 헤매게 될 때
제자리에 있는 것들이 무서워지는 건
여전하기 때문이다 너의 옆에 있어 준다

어둠을 필요로 할 때 본 영화를 다시 볼 때
덜 무섭게 예고된 장면을 먼저 말해 주는 착하지만 착
하지 않은 옆자리

눈 가린 두 손 뒤로 의심의 속눈썹 자라고
끝난 뒤 시시하다고 생각하면 사라지는
너의 옆에 있어 준다
비디오는 다시 되돌아가야 하는데

서늘한 여름은 자꾸 빨라진다
정지 버튼을 누를 때
빨간 빛이 손가락을 뚫고 터진다

메종 드 앙팡

괘종시계가 무서워 돌아가려다
꽃 없는 화분을 자주 깨뜨렸다
넘어지면서 집의 구조를 무릎으로 익혔지만
아이들은 말을 배우지 못했다

아무런 소리 없이 잠긴 방에서
딸꾹질 소리가 멈추지 않고
요절을 꿈꾸듯 사물들이 위태롭게 장식되어 있었다

수도꼭지를 젖 대신 물고 잠이 든 아이들의 천식
물 찬 기침을 하던 그날엔
장작에 불이 잘 붙지 않았다

벽난로의 어두운 입 속으로 흘러드는
웃풍을 맞으며 입김을 배웠다
그래도 내뱉을 수 있는 것이 있어
자꾸 죽는 것에 실패하는 아이들

모든 형광등과 식물들이 죽었다

아이들 소음에 가끔 깨어나는 부모가 있어
데려가 달라고 떼쓰면
멍 자국 같은 그림자 하나 문 앞으로 온다

아이들을 거둬 줄 보모가 왔는데
문을 열어 줄 수 있는 사람 아무도 없다
기침하는 날이 자꾸 많아져야 했다

아이들이 할 수 있는 말이라곤
인기척밖에 없었다
집엔 부스러기들만 자꾸 생겨나고 있다

레오파드 소년들

식물도감은 우리를 호명하지 않았다
풀밭 위에서 햇빛을 먹으며 무럭무럭 자라날 때
우리는 그 이유를 헤아리지 않았다

이곳의 질서는 흙 밑에서 발굴되곤 했다
일광욕을 할 때면 비릿한 햇빛은 우리를 간지럽혔다
발자국보다 잎맥이 더 푸르기를 바라는 햇빛은
우리의 송곳니를 단단하게 만들었다
입을 다물고 숨기는 동안
입 속 단내의 팔 할은 우리를 키우면서
젖보다 달콤하고 거름보다 맛있는 양식을 주었고
꼬리를 뿌리로 착각하지 않아야 하는 진화를 주었다

발톱은 우리가 가진 가장 건강한 유물이라는 것을
간지러운 자리마다 생긴 무늬를 긁으며 자라나자
풀밭 위의 수컷과 암술들은 꽃가루보다
더 어지러운 소문을 흩날렸다
이제는 햇빛보다 밤이 더 즐거워, 속눈썹으로
풀밭의 밤을 들어 올리면, 스스로 야행성이 된다

꽃의 포효에 밤이 숨죽이고 우리들을 훔치려고 하면
그날엔 몸살을 앓았던 것인지도 모른다

우리는
향기 나는 털갈이를 위해 서로의 등을 부비며 뛰논다
발바닥에 잔뿌리가 한 뼘 더 자라나 있다
헷갈리는 우리들의 탄생에 대하여
입을 다물고 있는 저 도감도 뱉어 낼 책갈피가 없다

소년성(小年性)

　가는 팔목은 흰 이마와 잘 맞아 떨어졌다. 엎드려 있는 나를 울고 있다고 여기던 사람들. 사실 몸을 숙이는 건 쉬운 일이었다. 평면을 벗어나는 몸의 마지막 표정. 그래프는 날뛰고, 달력은 단호하며 날씨는 마음과 나란해지기 쉬운 기울기였다. 가내수공업이 끝날 줄 모르던 밤, 졸면서 만든 규격이 나를 엉성하게 만들었다. 근사한 걸작이 곧 태어날 거라고 장담하면서, 나는 맨 처음으로 수치심을 길렀다. 잠든 나를 깨워 계집애 같은 사내아이를 어쩐지 실수라고 여기면 나는 나의 목격자가 되었다. 증언이 필요한 꿈결과 이름에 써 버린 행운과 주입된 슬픔으로 살아갈 온 마음은 시험판이었다. 치명적인 오류지만 결코 멈춰 버리진 않는 그 방 안에 나는 설계된 적 없는 자세로 처음 나를 감지한다. 엎드려 있으나 잠이 비껴가고 슬픔으로 젖지 않는 주소로 나는 배달되었다. 나는 멸종 위기가 아니다.

무명 시절

예고되지 않은 비가 내리면 이름 없는 날이 깊어진다

우산이 펴지질 않았다 낙담하면 생기는 그늘 속에 사라진 비운의 소년들이 개구리처럼 우는 곳으로
서로의 명찰을 잊기로 하자

농담보다 편한 별명까지 강수량은 차올랐다 소년들의 발 냄새가 났다 울 수 있는 거리에서
이름도 모르게 활자들이 무럭무럭 수배된
담벼락의 몽타주에 자기소개가 번져 가자 침을 뱉었다

찾고 싶은 찾을 만한 사람이 없어서 우리는 공짜로 얻은 이 골목길을 누비는 거라고
골목에 그어 놓은 그늘에 있어도
비 맞는 자세로 젖은 이름을 말린다

고장 난 우산이 멀쩡하게 펴지면 불러 보지 못한 이름들이 쏟아진다
색색의 개구리가 튀어 오른다

설탕의 신비

너는 마치 설탕 속에 빠진 개미

사탕수수밭에 도착한 포로들이 무당벌레를 손톱으로 터뜨리며
명령을 기다리는 중

잠을 졸여 내일의 수확량을 채우자
돌아갈 수 있다는 졸렬한 희망을 내뱉자

제자리로 돌아가라는 말은 달콤해 제자리를 떠나야만 했던 맛을 벌써 잊은 거야? 대답을 기다리는 혀만 텁텁해지고
설탕은 먹기 좋게 네모가 될 수 있다는데

각설탕은 기계의 것
각설탕은 기계의 몫

입 안 가득 설탕을 물고 바다를 건너던 도망자에게 내린 벌은 설탕 속에 빠지는 것

벗어나도 설탕 녹아도 설탕 털어내도 설탕
끈적거리는 심장을 핥아야만 나아갈 수 있는 개미 떼
행렬에 합류하면

다시 일손은 넘쳐나고 포로들은 줄을 서서 익어 가기를

땀 흘리는 노동 앞에서
포로들의 목덜미엔 처음 맛보는 짠맛의 설탕이 열리고
소금을 몰래 긁어모으는 당직자들

이제 포로들은 소금을 채취하기 위해
깊어지는 인중을 걸고 또 걸어야 한다

눈치의 공감각

농아원의 아이들이 머뭇거리는 것은 수다스러워졌다는 뜻, 곁눈질 너머로 담을 넘는 말들이 오간다 창문 너머 막 내리는 눈처럼, 쉽게 쌓이거나 쉽게 녹는 대화 눈사람을 오랫동안 가질 수 없듯 하늘이 내려 준 것을 별로 갖지 못했다 입술에 머무른 말들을 먼저 들으면서 받아 적은 아이들의 사전은 점점 두꺼워지고 그것은 아무도 펼칠 수 없다 몇 분씩 빠른 손목시계를 차고 조금 일찍 깨진 무릎, 접질린 소리들이 꽁꽁 언 귀 앞에서 자꾸 넘어질 때 아이들은 크레파스처럼 부러졌다 그럼에도 변하지 않는 색으로 오랫동안 그린 입술, 그 입술밖에 없는 사람들이 봉사활동 다녀갔다 소꿉놀이 끝난 저녁, 금방 눈이 그쳐서 차가움도 가져 볼 수 없다 벌써 눈동자엔 겨울이 찾아왔지만, 함박눈엔 원래 소리가 없다는 것을 차마 알아차리지 못한 아이들, 태어나 처음으로 하늘을 올려다본다 이때의 머뭇거림은 고요하다

말라리아

나 죽어도 돼?

죽음을 허락하는 사이가 되었을 때 여름이 찾아왔다 님프의 동굴을 헤매다가

더위를 맞이하는 일은 곧 천천히 죽어 가는 것

홍조도 가시지 않은 아이들은

고삐를 물고 여기저기 머리를 들이밀며, 우스운 병도 쉽게 잊기로 한다

저물녘에 꾼 꿈들은 함부로 이야기하지 않는 것

가끔 물방개 튀어 오르는 소리에 놀라겠지만

버려진 신발을 찾아 헤맨다

가랑비를 기다리며 목구멍을 벌리고 있는 목숨을 생각한다 혀를 보여 준다는 것은 비밀이 늙어 가는 일

아이들은 손잡고 숲을 거닐며 감염의 가능성을 배제한다

서로를 사랑하지도 않았는데 피가 섞였어

손만 잡고 놀았는데 돌림병이 나돌았지 곪아서 옮아서 살아 있음을 느끼는 축제가 끝나고 예보를 전한다

곧 비가 올 건가 봐, 우중충해졌어

네 얼굴이

시리얼 키드

　풀장엔 밀크. 멀건 수면 속에서 발장구 친다. 유통기한에 부치는 자유형은 빠르게, 가볍게 스푼을 들지만 바삭바삭하게. 우리는 비주류와 견과류 사이에서 태어난 잡곡. 혼혈이 되고 나니 모두들 맛있다고 풀장에 밀크를 넣어 준다. 단지, 우리는 맛있으면 된다. 우유와 가장 잘 어울리면 되는 우리의 장래는 칼슘이 보장되어 튼튼하다. 호랑이도 우리 편이다. 예의를 지킬수록 영양소는 흩어지는 법, 무서울 것 없는 우리를 주식으로 식탁 위에서 미끄러질 일만 남았다. 풀장의 밀크. 가파른 물살은 희고 부드럽게, 우리는 점점 더 고소하게. 숟가락을 넘나들며 수중발레, 풀장은 우리 것. 시나몬 파우더도 초코를 입은 땅콩도 허우적거리기 바쁜 밀크, 밀크는 우리를 위해 태어났다. 시리얼이 되지 못해 안달 난 가공식품들, 어설프게 밀크 속으로 빠져 봤자 건더기일 뿐. 밀크만 충당하는 스펀지 같은 너희들과 달라. 수줍게 떠오르자 풀장은 비좁고, 우리는 서서히 녹는다. 우리는 우유라는 말을 모른다.

욕조 속의 아이들

흐느낌에서 모국어가 시작된다

금발 흑발 모두 다른 언어로 울면
아기 냄새 흐르고 고운 천사 피부
아이들이 욕조 속에서 물장구를 친다

개연성을 찾는 동안 아이들은 자라나고
점점 욕조를 힘겨워했다
물의 안과 밖에 대해 생각할 잔잔한 시간
혼자의 기분을 물장구칠 수 있을 때

욕조보다 넓은 강을 건너
학교를 가고 혼자서 바다에 갈 수 있게 된다
배와 요트 없이 건너기도 한다

그사이 물은 서서히 식어 갈 것이다
수챗구멍 속 울부짖는 아이들 목소리가 들린다
목이 마르면 겨울로 가는
욕조의 행선지가 출렁이고 있다

구체적 소년

청중들은 기다린다 소년이 모자 속에서 무엇을 꺼낼 것인지에 대해 어깨 너머의 앵무새는 알고 있다 새로움을 위해 거짓말을 펼쳐야 했던 소년을, 앵무새가 소년의 거짓말을 똑같이 따라할 때 비로소 거짓말은 근사한 마술이 된다

사람들은 너무 쉽게 손뼉을 친다 암표를 팔지 않는 공연에서, 소년이 낡은 구두를 벗고, 벗겨진 지팡이를 내려놓는다 예전 사람들에게서 빌려 온 것들을 놓자 이젠 사라질 수 있겠다고

소년은 거짓말을 발명한다 미래의 누군가가 거짓말을 연기하게 될 것, 가장 긴 박수 소리에 외롭지 않을 모험을 건 소년은 일부러 연필을 부러뜨렸다 비둘기 꺼내는 장면 다음, 토끼를 꺼내는 장면 다음에도 흰색이 필요했기 때문에

찾아 준 청중들에게 바치는 소년의 말과 행동들, 가여운 앵무새는 날개를 잊었고 새로운 거짓말을 배우기엔 이제 늙어 버렸다 조명은 아직 소년 발끝에 걸려 있는데, 어둠 속에서도 청중의 눈동자는 빛났는데, 얼어붙은 손이 꺼

낸 것은 파란 장미

　자꾸 새로워지길 원하는 매표소, 거짓말은 노인들에게
암표가 되어 팔려 나갔고, 앵무새 없인 할 수 없는 마술에
이미 거리를 떠도는 소년들은 모자에 동전을 구걸했다 세
계의 모든 고요는 이미 매진이다 소년에겐 더 이상 할 수
있는 침묵이 없다

발육의 깊이

대자연이 왜곡된다
검은 강이 범람하지 못하게 쌓아 둔 방죽에서
다 큰 아이들이 몰래 발을 담그면
생태계는 자연스러워진다

이미 증기기관차는 떠났다 짐칸에 두고 온 것이 있었다
기차가 우리를 두고 떠났다고 말하지만, 기차는 디젤기관
차가 되어 돌아올 시간이다

남모르게 자라난 아이들의 비밀 같은

세상의 모든 구멍들이 보이기 시작하고 기차가 돌아올
것이라고 믿는 철로 위
배웅과 마중을 동시에 하는 손뼉을 흔들고

이번 좌석에도 우리가 계획에 없다면 다시 뚝방으로 간
다 공장의 방광에서 헤엄칠 것이다

물장구칠 수 있는 길고 가녀린 팔과 다리가

검은 물 밑에서 살색의 형광물질로 남겨질 것이다

그것은 오염이 아닙니다
우리는 가끔 물이 될 수 있고
기차가 실은 짐이 될 수 있는 염색체

매달린 평행봉에서 떨어져
그다음에 할 수 있는 건, 더 괜찮은 쪽으로
또다시 떨어지는 일뿐입니다

몇 년째 끝나지 않은 잠수 시합
물속에서 처음 눈 떴는데
물 밑으로 지나가는 거대하고 긴 기차가

덴마크 다이어트

우리는 다 잘한다 피를 거꾸로 속이며 노력한다 할 건 다하는 질량들, 보존되어 가는 교과서 속 알고리즘 반대로 해야 멋있는 줄 아는 껍데기들, 벗으면 날 줄 알았다 그러니까 우리는 빼야 한다 나머지가 생기지 않도록

권리는 없었다 뾰족해지면 어른들은 우리를 꼭짓점이라 부를 것, 기억될 방점이 생길 거야 몸속의 뼈들이 장작으로 나타날 때까지 땔감으로 쓰기엔 너무 젖어 있는 둘레, 서로를 껴안아 주지 못했다

모서리가 생겼다 우리를 꼭짓점이라 불러 주는 사람들, 오늘은 생일이다 우리 이름을 부피가 아닌 피부로, 아니면 그냥 피로 불러 주길, 가파른 곳으로 갈수록 설 자리 없는 청정 지역이 보인다

어제의 식단이 내일이 되는 것은 유감이었다 서로의 손을 잡고 울었다 도형이 되는 일, 야윈 부엌에서 부스럭거리는 소리가 들렸다 우리는 서로를 껴안아 주었다 근거 없는 상처들이 생겨났다

노력하는 소년

나를 버린 적 없다고 한다
모종삽 들고 산에 가는 봄날, 사람들이 예쁜 도시락을
먹고 바라보는
이런 꽃들 사이에서 나는 피어난 적 없다고 한다

배들이 정박한 항구에 걸터앉아 내 방에도 바다가 있었
으면 한다 흰 베개가 있어 젖은 것들이 마르는
나의 해변에는 내 발자국이 없다고 한다

오래된 형광등이 나를 쓰다듬어 줄 때
아까운 전기세! 하고 불을 끄는 누군가의
이불 뒤척이는 소리는 편안하다

이런 도미노를 세웠는데 그 도미노는 쓰러지지 않고 계
속 서 있었다
이상한 일이지, 도미노 세운 것을 까마득히 잊은 사람으
로부터 어디엔가
나를 두고 온 적이 있다고 전해 들었다

탈무드 버리기

유대인의 손목처럼 얇고 흰 종이가 펄럭인다 나의 선생님이 오시는 시간, 부모는 난로를 켜고 커튼을 친다 비로소 아늑한 시간의 혹한기

두꺼운 책을 덮고 잠시 바깥을 떠올린다 눈보라의 성난 고요함을 보다가 밤새 열이 난 나에게, 부모는 하늘이 준 붉은 열매를 먹었구나 속삭이고

몰래 창문을 열고 바라본 겨울은 알고 싶은 고통이었다 눈보라를 향해 가고 싶은 심장이 여기, 난민들의 행렬이 끝나지 않는 바깥으로 다시

책 속의 길은 따뜻해서 자주 유리 접시를 씻었다 투명한 시간이 깨지고 뾰족한 바닥을 걸으면 이제 이곳이 더 이상 안락한 곳이 아니라는 것을

차가움을 낯설어하는 심장은 지혜로 가득한 책을 읽고 마법을 기다리듯 밤새 꿈을 보살피지만, 결코 평범한 수요일 아무것도 일어나지 않게 하는 마법이 끝나고

부축하는 마음 없이 혼자서 눈보라 속으로 간다 그림자가 나를 호위하고 눈밭으로 탈무드를 버린다 무너뜨리고 싶은 곳은 살아 있는 척하는 심장 농장

　재배된 적 없는 흑인 아이가 나의 손을 잡아 준다 가고 있다는 것은 중요해 멈춰서 지혜를 구걸하는 거지였지 나도 어제는 오늘부로 우리는

사우르스

빈집에 살고 있을 공룡 인형이여 안녕, 벌거벗은 너를 보았네

플라스틱 눈으로 화학적인 생각을 했다

두고 온 것보다 놓고 온 것이 더 많은 과거에 대해 생각하자 배가 고파졌다
나는 자주 뒤척였어 너도 나를 껴안으면 부드러울까

너와 나의 성분은 무엇으로 이루어졌을까

고백하건대 죽은 솜을 껴안고 자는 일은 슬펐어
죽지 않은 것을 껴안는 일은 어려웠으므로
울지도 못하고 멍청하게 떨고 있는

너는 왜 미래에서 오지 못하니

파피루스가 마당에서 자라나고, 너는 그것을 먹었네
부스럭거리는 잎사귀 먹고 가시나무 길렀네

뼈에 바람이 차올라 더 이상 걸을 수 없었다
혼자서 제집을 나가지 못했다

이빨 가는 소리 들린다 가시나무에 내려앉은 새들 부스
러지고 행방불명된 공룡 인형 찾으러 떠나는

끝없는 꼬리들

해변으로 독립하다

맨몸으로 서 있다

어린 당신의 바다들이 안녕하게 만나 해변을 이루고 발목까지 나를 담갔다

차오르기도 전에 떠도는 일은 이미 지쳐 버렸다

누군가 지어 놓고 찾아오지 않는 통나무집처럼

나에겐 들리지 않는 오래된 해적방송처럼

돌아갈 곳, 하물며 떠나온 곳을 서서히 잊는 것은 해변이 나에게 들려준 말

여기저기 기념하듯 폭죽 터지고 당신을 닮은 소년들이 백사장을 뛰놀 때

같은 바다에서 다른 생각했으므로

당신은 거기서 엇갈린 것 같으므로

백사장에 모래찜질하며

씨앗처럼 누워 당신의 뿌리를 생각해 보는 것

저 멀리 여행 온 사람이 나를 무엇으로 볼 것인가에 대해 궁금해하는 것

그것은 독립이었을까

그것은 고립이었을까

방물관(房物館)

방 안의 모든 압정들이 쏟아진 날, 소년은 움직일 수 없었다 오래전 잠근 문은 전망이 어렵고, 떨어진 세계지도 뒤편은 아무것도 없이 눈부셨다

모든 사물이 긴장했다 자꾸 커지는 발을 숨길 수 없었던 소년, 다치지 않으려고 한 발자국도 움직이지 못했더니 어루만져 준 적 없는 등이 불편해졌고

믿을 것이 바닥 밖에 없었던 생일날, 누군가 방문을 열어 줄 것 같다는 예감을 통째로 박제시킨 바깥의 중력들을 관측했다

압정을 밟아 피가 흐르는 최초의 박물관을 빠져나올 수 있을까 소년을 구경하던 모서리가 침묵을 긋고 그 틈으로 쏟아지는 미세한 고요함이 숨죽이고 서 있다

요트의 기분

우리는 발 하나 담갔을 뿐인데
웅덩이는 바다가 되어 넘쳐흐르고 있었지
유약한 사람들이 만든 종이 요트를 타고
바다를 찢으며 그렇게 나아갔지

구멍 난 바다를 채우려 드는 저 파도에게, 파도가 게을
러질 때쯤 우리는 백사장에 선착장 하나 그려 놓고선
다음날이면 지워져 돌아올 수 없는 주소를 가지고 바람
에게 찾아갔단다

몸에 난 상처가 점선처럼 쓸모 있을 때
얇고 젖기 쉬운 종이로 돛을 띄우자

발 하나만 빼면 수평선은 다시 나란해질 텐데 우리는 우
리를 밝혀 주지 못한 채로 어둠에 속았어 너무 많은 등대
들이 밝아 오고 있으니까

웅덩이의 속사정을 붉힐 수 있는 것을 찾으러 가자
선체 모서리부터 조금씩 젖어 드는 기분을

어디에 정박해 두어야 할까
누군가 짓다 만 모래성에 잠시 머물다
젖은 종이 요트를 덮고 잠이 들었지

내일 꼭 일찍 일어나자
금방 무너질 것 같은 약속은 멍든 팔베개처럼
조금은 다정하고
조금은 힘이 드는

투명한 산책

여기서부턴 나 혼자 가야겠어 내 뒤에선 아이들이 까치
발을 들고 손 흔든다 영영 헤어질 것처럼 힘차게

마중과 배웅이 나란해지는 선분으로부터 나는 유리로
된 길을 걷게 되었다 따뜻한 유리를 만져 본 적 없어요 그
런 족속들 있잖아 타일이나 벽, 심장이 함부로 구르는

차가움이란 따뜻한 걸 처음 만져 보았을 때 느끼는 내
손이 기억하는 위치, 그것을 뿌리치고 놓아 버리면서 계속
혼자여야만 들어갈 수 있는 지금 고작 비좁은 통로야

줄 사람이 없었지 가지지 못한 꽃다발을 들고 이름 없는
무덤에 가면 내 눈을 가렸다 넌 몰라도 된단다 죽는 건 창
피한 게 아닌데 잠들었다고 거짓말하던 유령들이 사뿐히
걸어 아직 깨지지 않은 유리길

발가락을 숙이며 나아갈 때마다 작은 안간힘으로부터
큰 빗금을 짓고 깨진다 이제 깨진다 이제 깨질 거야 그냥
깨져 버려

움직이지 못하고 서 있는데 뒤에서 아직도 출발하지 못한 나를 보는 아이들 까치발인 줄 알았는데 너희들은 투명한 유리 구두를 신고 있었구나

작아진 이곳에서 무엇을 키워 데려갈까 유리 통로 밑으로 헤엄쳐 가는 금붕어야, 그래 너도 빨갛지만 차가운 족속이었지

내 것인데 만질 수 없는 심장에 손을 얹고
멈추지 않은 듯 멎는 듯
희미하게 유리창으로 퍼지는
빛을 따라 나선다

3부

스무 살

세상에서 가장 빨리 끝나는 폭죽을 샀다

하나 이상의 모뎀과 둘 이하의 잉꼬

새장 하나에 두 마리의 잉꼬

한 마리가 죽었으니 다른 한 마리도 곧 죽을 거야, 네가
말했다 다음날, 새장에는 냄새만 남아 있었다
네 말이 맞았구나 넌 그걸 어떻게 알았어?

끊긴 듯 — 끊어진 듯 — 이어지지 않는 —
새장 하나에 두 마리의 잉꼬

둘이 되려고 자꾸 두리번거렸다

"다른 잉꼬가 죽을 거란 걸 어떻게 알았어?"
(상대방은 현재 접속 중이 아닙니다)

죽은 잉꼬가 고약한 냄새를 풍겼다 함께 무덤을 만들러
가야 했는데
가까운 거리엔 익명성이 필요하고, 멀어진 거리엔 눈금
이 필요하지 않다는 사실

접속한 사람들과 나눈 말 사이에 너는 조금씩 밀려났다
네가 없는 회로에서 지우고 쓰기를 반복한 말들이 깜빡이고

"다른 잉꼬가 죽을 걸 어떻게 알았어?"
새장 하나에 두 마리의 잉꼬

새장이 죽으면 새는 살 수 없지
(알 수 없는 네트워크 오류)
모뎀에 들어온 노란빛은 빨간빛 되고
새소리로 된 전화벨이 울리기 시작했다

어제오늘 유망주

최대한 늦게 출발하도록 달리고 있는 너를 보고 있어 아직은 결승점에 가장 가까이에 있는 것도 너란다 시선과 희비가 교차하는 지점에서 호루라기 부는 건

절망을 투시할 줄 아는 사람
그러나 기적 앞에선 캄캄한 사람

쥐구멍 찾아 직접 드나드는 너의 아침과 저녁은 같은 궤도에 진입했구나

다녀오겠습니다 (   ) 다녀왔습니다
건조한 실내악

집에 처음 보는 정물화가 걸려 있어 못 박힌 벽이 아까워서 주워 왔단다 사과와 포도 사이 벌레도 죽어 버릴 것 같은 명암에 가려진, 달리기가 느린 너

가방 속엔 꺼낼 어둠의 다발이 많아 이름 앞에 놓인 모든 형용사들이 징그러운 책을 펼치면 기울어지는 흰 종이

검은 글자 사이의 멀미, 빗나간 밑줄들

어디에 멈춰서 운동화 끈을 묶을 것인가
돌파구는 무엇인가
애쓰는 발꿈치로 밀고 나가는 트랙에서

너는 꼭지를 잃은 사과
너의 목덜미를 누군가 아직 베어 물지 않았다면
그것은 분명 맛있을 것

외상(外傷)

보리차 끓이는 동안엔 할 일이 많아진다. 일단 엄마부터 찾고, 집에 누워 있는 사람이 없으면 서 있는 사람은 나 혼자. 빈집에 주전자만 끓고 있다. 갈증이 난다. 냉장고엔 물이 없고 모락모락 혼자서 나는 김, 손에 쥔 게 아무것도 없을 때 손잡이가 잡고 싶어진다. 조금씩 열려 있는 문들 마저 닫고 주전자 뚜껑만 반쯤 열어 놓는다. 넘쳐흐르지 않게 파수꾼처럼 지켜본다. 식탁에 앉아 숙제한다. 대합실 안 사람이 된다. 우는 소리 들리면 불을 끄고 밸브를 잠그면 된다. 다시 식어 갈 때까지 잊고 있으면 된다. 보고 싶어서 갈증이 난다. 아무도 없는 집에서 물소리를 듣는다. 물의 인기척을 들으며 조금씩 자란다. 주인 없는 보리밭의 저녁이 오면 주전자를 창문 곁에 내놓고, 안개를 거둔다. 수증기가 지나자마자 나는 고소한 냄새, 주전자에 가라앉은 검은 보리알들이 나를 쳐다본다. 나는 한 모금씩 말라 간다. 아직 숙제가 남아 있고 단내와 탄내가 동시에 난다.

스웨터 입기

청록색 스웨터가 잘 개켜져 있어
그걸 입고 색이 사라지는 연습을 하지

감긴 털실을 풀기 위해서, 선반으로 자꾸 눈길이 가는
불안전한 높이
한 올씩 풀리는 스웨터가 작아지듯이
그걸 아무도 모르는 줄 알듯이

모아 둔 단추가 내게 손잡이가 될 수 있다면
늘어난 목덜미가 내게 문이 될 수 있다면
예쁜 스웨터를 입고 고작 엎드려 있진 않았을 텐데

오래될수록 밝아지는 스웨터의 명암에 눈뜨고
속눈썹이 책갈피가 되는 공작 시간이면
입을 수 없는 스웨터들이 소매를 흔들며 옷장으로 들어
와, 나를 조금씩 늘려 가며 나를 잊지 않는 알레르기들

나는 색을 잃을 때마다
재채기를 한다

독거 청년

나는 집에서도 가끔 나를 잃어버립니다

단 하나의 실핏줄로 터진 얼굴들을 생각하며 창백한 창
문을 봅니다 실내에서 유일하게 한 일은 웅크림이라는 도
형을 발명한 것뿐입니다

테라스엔 바깥을 서성이다 온 사람들이 있고, 그곳엔 버
스나 기차가 정차하지 않습니다 다만 조금씩 밀려나는 연
습을 합니다 경치 좋은 곳에서 감히

나는 나를 슬퍼할 자신이 있습니다 두 손으로 얼굴을
포개거나, 일 인 분의 점심을 차리는 일에 능숙합니다 홀
수와 짝수가 나란해집니다

너무 이른 시간에 모험이 끝났습니다 못에 박힌 벽처럼
단단해집니다 헐렁한 손목에서 시계가 자꾸 죽습니다 쓸모
없는 시계추가 눈덩이로 내려앉습니다

안으로 침투할수록, 이불은 넓어집니다 안에도 바깥이

생기기 때문입니다 열대어들이 서로 친해지는 모습을 보고 싶습니다 끝나지 않는 어항을 바라보다가

나는 약속 시간에 늦습니다 나를 꾸짖지 않는 나를 만날 때마다 무거워집니다 마지막으로 배치될 가구의 기분으로, 서랍마다 나를 구겨 넣습니다

꺼내 보고 싶지 않은 나를 찾는 날엔, 운 좋게 천장을 걸을 수 있습니다 걸터앉는 곳마다 부러지면 실내가 실내를 이해할 때까지, 온도계는 모호해질 수 있습니다

감염된 나라에서

재난 영화가 끝났다
간판 없는 극장을 빠져나왔다 나는 미래의 간병인을 만
나고 오는 길이었다
사례금이 모자라 다시 살아서 극장 밖을 걸어 나왔다
영화 속엔 내가 아는 사람들이 죽어 가고 있었다

암전된 방구석보다 더 어두운 사람들의 불행을 보며 나
를 위로한다 재난 영화가 자꾸 흥행에 실패하는 나라에서
내가 아는 모든 사람들은 거의 죽어 있다

살기 위해선 하나가 다른 하나를 껴안으며
고작 하나가 되는 일을 해야 했다
그것이 고작 우리의 모든 면역력이어서
쉽게 병이 들고 쉽게 영화를 보며 울었다

변이된 세포들이 서로를 벗기고 닮아 가며 하나의 심장
을 향해 싸우는 복도에서 우리는 사랑에 감염되고 쉼 없
이 식어 가는 덧셈을 풀었다 그 사이사이엔 이미 사라진
인류가 있었지만

심장과 무관한 생활을 하는 사람들을 위해 쓴다

병에 자연스럽게 감염된 사람들이
다시 둘로 나뉘는 방식으로 폐허를 지켰다
아직 일어나지 않은 장면을 보려고 극장에 간다
전망하기 좋은 절망을 위해 매표소엔 끝이 없는 줄들이
늘어서 있고
조조할인은 끝났다

아프레게르 푸줏간

고기 반찬을 보면
심장 밖을 뛰쳐나간 사람들이 생각나

버려진 아이들아, 꿈으로 팽창한 실핏줄을 터뜨리며 울
어라, 말했지만
거긴 붉은 고기가 맛있어 보이는 푸줏간이었구나

그만 이곳에서 떠나가거라, 들렸지만
노인들은 갈 곳이 없었다 아직 주인의 이름을 이마에
새기지 않은 아이들이
저렇게 늙기 싫어 저렇게 늙기 싫어
희한한 귀신 놀이를 하고 있다

폐허에 붉은 벽돌을 다시 쌓아 올릴 사람, 늙은 노인들
을 모시고 다른 나라로 갈 사람, 폐허가 될 때까지 다시 싸
울 사람, 잠만 자고 꿈을 죽낼 사람
불발된 총알처럼 한 시간 뒤엔 문밖을 나선다, 돌아오는
일이 제 심장에 방아쇠를 당기는 일처럼 여겨지면

망설임 속에 피어나는 핏덩이들
말랑말랑한 고기
숨 쉬는 육식
먹고 싶은 것을 예쁘다고 말해 주는 거울 앞에서

거대한 것이 무섭다는 것보단 맛있을까 봐
그래서 입맛을 다시게 될까 봐
함부로 꼬리를 자르고
아이들의 숨통부터 알아볼까 봐

과거를 조감하는 푸줏간 근방의 칼질이
칼질 없이 피를 가졌다는 심장이 태어나고
고기반찬을 먹었다 죄책감 없이

화염

우리는 뱉은 말을 줍기 위해 소문이 필요했다

버려진 헛간을 은신처로 삼았다 우리만 아는 이곳에 누군가 횃불을 피워 놓았다

저 횃불을 끄고 싶다
사라지는 연습은 모두 끝났다

먼 나라의 학살처럼 멀어지는 슬픔
우리는 따뜻해져 졸릴 수밖에 없는 공포

알레르기처럼 징그럽게 모여 덩어리가 되어 갔다

웅크린 그림자를 그을리던 횃불이 사나워지자 서서히 눈이 감겼다
우리의 은신처를 들키면 이제 사라져 버릴 공간, 불이 난 헛간에서 발견되지 못한 목숨을

장난이었다고 말할 수 있는 용기

우리를 찾고 있는 사람들이 못 본 척 사라져 버리는 숨
바꼭질이, 셋 셀 동안 더 곤란해졌다 병이 사라질 때까지
거짓말이 무너질 때까지

양초처럼 우리는 참 하얗게 생겼었는데
재와 먼지들도 어둠으로 지는 시간

아주 태연하게 사라질 것이다
화염과 우리의 섬광
그 사이의 심지

무사히

청동으로 만든 종이 울린다 끝나는지 시작하는지 알 수
없는 일정한 간격, 소리가 들리는데 움직이는 사람 없다 가
만히 있어야 한다고 그래서, 태어난 적 없는 것처럼 투명하
게 사라지라고 해서

별일들이 잦아드는 언덕엔 피고름 맺힌 리본이 흔들렸다
무서워서 못 본 걸로 하니, 금세 잊었다 네 번의 종이 다시
울리면, 네 시에 하기 좋은 일들을 했다 거리의 고양이에게
밥을 주기에 이른 시간이란 없었다

우산을 챙긴 날의 맑음은 수고스럽다 아침밥을 걸렀지
만 점심밥 먹을 시간이 왔다 신발 끈 풀리고도 조금 더 걸
었다 허리 숙이는 일이 거추장스러웠다 다시 비가 와 우산
을 펼쳤는데 펴지질 않았다 빗속을 뚫고 종이 울렸다

보건소의 기침들과 성당의 풍금 소리, 파이프의 납땜 소
리 모두가 종소리보다 작았지만 오래 났다 출발한 적 없는
아이들이 도착을 위해 서둘 때도, 종소리는 났다 시계보다
조금 일찍 시간을 맞췄다 어차피 그렇게 될 테니까

모를수록 살 만해졌다 밑줄 없는 세상에 잘 미끄러졌다
누가 버리고 간 세계인가 누가 주인인 척하는가 보살핌은
그렇게 만지기만 해도 아픈 폭력이 되었다 종은 규칙적으
로 소리를 냈다 오늘 내리는 산성비

　흘러내리는 종소리를 들으며
　살며시 살아 냈다

편애

선생은 나를 좋아했다 주머니엔 아직 많은 질문과 숫기와 어리광이 잔돈처럼 짤랑거렸지만 그는 나를 아꼈다

다시 찾아간 선생의 집에서 하루는 간병하는 사람처럼 그의 곁을 지켰다 너무 늙은 당신이 나를 헷갈려하고 있었다

창밖엔 목마 탄 아이들이 거인처럼 보이는 숲이 있었다 울창한 흰머리가 겨울을 알아차리는 동안 담요 밖을 나서지 못하는 병에 걸렸다고 했다

선생은 내 이름을 자주 불러 줬다 나의 이름은 당신의 희망적인 낱말 카드였을까 커튼을 치고 싶은 날씨였을까

검버섯들이 말줄임표가 되어 있는 당신의 얼굴을 보며 말했다 이제 다시는 찾아오지 않겠습니다 그만 자라나고 싶어서

문밖을 나설 때 선생은 어서 오너라 인사했고 그에게 쓴 쪽지를 부인에게 전해 달라고 부탁했다

"누군가 나의 이름을 불러 준 만큼 걸어야 했던 산책이었다."

유리로 된 숲이 펼쳐져 있었다 거대한 거인보다 땅을 기는 거인이 더 무서워 보였다 목마에서 내려온 내 얼굴아 얼음장에 비친 내 얼굴아

투명하니
뾰족하니

90년대의 수지

사람들이 황금을 내놓던 날 고장 난 저울도 무게를 감추고 허리띠를 내놓았다 그런 어른들의 날들은 우리와 상관없는 일들처럼, 학급에 한두 명은 있을 법한 수지라는 이름의 아이를 알게 될 확률처럼, 물질도 절망도 수지도 유행하던 나날

불소 용액 받아 가던 수지, 창가에 걸터앉아 칠판지우개를 털어 내던 수지, 미처 알지 못해 이름만 알던 수지도 그땐 모두 똑같은 획순이었다 아무렇지 않은 척하면서도 서로를 부를 때 어색해하던 표정이 이상하게 닮았던 날들

우리는 IMF라는 말을 배웠다 열대야를 펼쳐 이름을 팔던 벼룩시장, 소년일보에 게재된 이름 모를 아이의 논설문, 내가 알던 수지와는 상관없는 일들이 자꾸 발생했다 급식소엔 강냉이죽 끓이는 냄새가 났었고

언제부터 기억을 절약하는 사람이 되었을까 훌쩍 커 버렸을 수지에 대해 생각하면, 이름은 자라고 얼굴은 자라지 않은 사진만 수지라고 부를 수 있을 때, 저울은 가벼워졌

고 사람들의 장롱은 배가 나오고 있었다

이젠 아끼지 말아야지, 수지는 옆에 없고 수지맞을 날을 기다리게 되었다 그때의 수지가 몰래 적어 냈던 장래 희망, 이루어진 것이 있다면 중고가 된 이름을 떠올리는 것 나눠 쓸 수 있는 이름 때문에, 그 날들을 헐값으로 가지고 있는 지도 모른다

유니크

숨바꼭질하는 기분 같았어요
들켜서도 안 되고 영영 잊혀서는 더더욱 곤란한

나만 좋아하는 것 같았던 싱어송라이터 오빠, 어느 날
친구가 오빠의 노래를 흥얼거려
새 것이 헌 것이 되는 기분 때문에

아무것도 남기지 않는 진짜 영역 표시를 해요
나만 모르게 하면 괜찮다는 생각으로
냄새라도 남기게 되는 날엔 감각이 폐업하는 날
코에 온종일 몰두하는 피노키오 이야기처럼
거짓말로 뚜렷해지려고

나 여기에 숨어 있어 숨기고 싶지만 조금은 알려 주고
싶은 이상한 기분
빨간 담요를 뒤집어쓰고 있었는데
나를 보고 누가 불이 났다고 소리친다면
되도록 쉽게 되도록 안타깝게
난 꺼질 수 없어요

1995

화분이 좁아졌니 방청소는 다했니
어젯밤 창문 열어 두고 잤니

물 주는 걸 잊어버린 창틀의 맨드라미
꽃에게 가혹해질 때마다
목이 마르는 걸 어떡해?

간밤에 꾼 꿈을 농담처럼 말하고
걷어찬 이불의 두께를 생각하는 아침이면
창문 열고 도망간 맨드라미와
허전한 뿌리를 드러낸 화분

왠지 거울을 보는 것 같은 기분은
물을 주지 않아도 식물처럼 자라고
알아봐 주었으면 좋겠어서
방 안 가구의 모든 문을 열어 두었지

도둑 없이 자꾸 누군가 훔쳐 갔는지 사라진
아랫도리에게서 나는 맨드라미 냄새

1997

깨어나 보니 그건 잠이 아니라
어떤 이상한 자세였다고 말했다

어둠 속에 수위 아저씨도 보지 못하는 빛이 있어
결코 대충 사는 것이 아닌데도

손전등을 껐다, 켰다 깜빡거리는, 검정 교실
좀 더 그럴싸한 반성문을 써 보는 건 어때? 선생님

분명 어젯밤엔 화분을 깼는데 아침에 치운 것은 죽은
고양이였어요!

당직실에 불이 꺼지고 찾으려고 했던 컴퍼스는 찾았니?
둥글게 원을 그렸는데 소용돌이에 자꾸 눈이 감겨서
숙제가 숙제를 남기고

가장 무서웠던 것은 이건 다 꿈이야, 라고 말해 줄 친구
가 아직도 엎드려 잠든 모습
검은 장면과 흰 장면 사이엔 눈 감은 표정

1999

　머릿수가 이름이었던 무리들이었다 잘못 띄어쓰기한 글
자들처럼 행렬했다 윗도리와 아랫도리처럼 어울렸다 세상
모든 구멍의 주소를 공유했다 더러운 빨래들에게서 가까
워지는 냄새가 났다 미생물이 가장 좋아하는 온도에서 섞
였다 조금 우쭐대는 법을 배웠다 우린 이것을 용기라고 불
렀다 시계탑 앞에서 시간을 보지 않았다 비둘기 앞에서 우
표를 떠올리지 않았다 맞댄 어깨가 기울어질수록 표본실
의 비커에 물이 넘쳐흘렀다 증발하고 있었다 어두워진 이
름들이 번져 갔다 운동장의 정글짐을 안전하다고 생각했
다 무리들이 동시에 다 같이 오르자 흔들리기 시작한 건
숨기고 싶은 덧니처럼 몽정처럼 사라져도 사라지지 않은
간지러운 통증 얼룩으로 남은 용기

커뮤니티

공동체라는 낱말에서 빠져나옵시다. 그렇다면 공동체라는 글씨는 희미해질 것입니다. 모든 이름을 불러 줄 수 없습니다. 헷갈린 이름 위에 반창고를 붙여 줍니다. 다정한 건어렵지 않습니다. 조금 친밀해졌다면 개인 체조를 해 봅니다. 가만히 누워 있거나 부리나케 뛰어다니거나 팔을 접어베개로 삼는 모양으로부터. 공동체는 만화경 속을 들여다보듯 어지럽습니다. 하나가 되는 일이 가장 많이 갖는 일입니다. 공동체라는 낱말이 사라져 가고 있습니다. 가까워지지만 같아질 수 없는 부등호를 만듭시다. 숫자는 이름보다 편리합니다. 숫자로 된 편지를 씁니다. 공통된 취향을 고백합니다. 그림자들이 일치하지 않습니다. 콜라주로 만든 몽타주가 생깁니다. 데칼코마니는 사라진 미술 기법입니다. 공동체라는 낱말에서 빠져나옵시다. 사이사이에 거리를 조성합시다. 무단횡단을 해 봅시다. 사이렌이 울릴 것입니다. 공동체라는 낱말이 마침내 사라집니다. 세계는 무너집니다. 블록들을 다시 하나씩 쌓아 봅니다. 선별된 입구들이 마침내하나의 복도로 통합니다. 인사를 합시다. 처음 본 사람처럼, 공동체는 끝났습니다. 하나들의 집합이 됩시다.

퀴즈

빙하시대에 불을 가진 사람에게도 그것은 있었다

독서하던 소년은 그것을 길러야만 했다
부부의 싸움이나 불구경에도
그것은 끝나지 않는다 시작하지도 않은 채

그것의 그림자들은 악취를 풍기며 포옹한다

침묵이 허락된 시간을 지나
창문을 열고 까마귀 울음소리 들려와도
그것은 무서워하지 않는다

아무도 물어보거나 대답할 수 없다
의사도 손을 쓸 수 없는 그것에 대해서는
소아과의 우는 아이에게도 있다

박제된 올빼미가 노려보는 과학실에서도
잘못 찾아온 무덤 위에서도
그것은 살아 있는 것처럼 인기척을 한다

그것을 연구하다 죽은 자들에겐 유서가 없다
책 속에도 책 읽는 자도 그것에 밑줄 긋는다

그것에 대입할 명제는 끊임없이 태어났으나
끝끝내 말할 수 없었던 그것은
내일 당신이 받게 될 질문이다

달콤한 상처

장이지(시인)

개별성의 세계에 이르는 길

'어느 누구의 모든 동생' 서윤후는 키가 전봇대처럼 크다. 머리엔 자주 모자가 얹혀 있다. 뿔테 안경이 잘 어울린다. 높은 곳의 깨끗한 공기를 마셔서인지 아직 천진하다. 식당을 고르라고 시키면 우동 집 같은 데를 찾아 들어간다. 여행을 좋아한다. 진득하게 있지 못하고 떠도는 족속이다. 언젠가 일본에 다녀오는 길에 고추냉이 맛이 나는 과자를 사 들고 왔다. 처음 만났을 때는 앳된 소년이었는데, 이제는 어엿한 남자가 된 것 같아서 칭찬을 해 주었더니 싫어한다. 아직 소년이고 싶은 모양이다. 그는 1990년생이다. 그는 나보다 열네 살 밑이다. 호주머니가 크다면 좀 넣고 다니면서 수시로 재미있는 말을 시켜 보고 싶다. 그는 별로 재미있는 사람은 아니다. 재미있는 말을 떠올리지 못해서 쩔쩔맬 때 재미있다. 조카뻘이지만 왠지 그냥 동생으로 두어두고 싶다. '국민 동생'에 입후보해도 좋을 것 같다.

이것은 그의 첫 시집이다. 그는 그의 생경한 언어들을 매우 사려 깊게 걸어 냈다. 비슷한 시기에 등단한 '앙팡테리블'들에 비해 그의 언어는 훨씬 덜 과격하다. 어떤 의미에서는 낯설지 않다고 해야겠다. 그는 조숙한 톤을 지녔다. 그는 투덜거리지 않는다.

오해를 무릅쓰고 말하자면, 그가 이 시집을 통해 말하고자 하는 것은 '아주 기발하고 특별한 것'은 아니다. 결과적으로 그렇다. 그러나 그의 기투(企投) 자체가 그렇다고 해서는 안 될 것이다. 그가 노리는 것은 개별적인 것이다.

「90년대의 수지」에서 그는 공유재산처럼 되어 버린 '1990년대에 대한 기억'을 문제 삼는다. 1990년대는 IMF 체제와 그 극복 같은 거시적인 담론으로 기억되곤 하지만, 그것은 어른들의 일이지 자신의 문제는 아니었다는 것이다. 사람들은 자신만의 기억을 찾기보다 "똑같은 획순"으로 한 시대를 규정하려 한다. 그것은 기억에 "헐값"을 매기는 일이 아니냐고 그는 묻는다. 그 시절에 '수많은 수지'가 있었지만, 자신이 알고 있는 '바로 그 수지'는 단 한 명이라는 것이겠다.

그는 '나만의 싱어송라이터'(「유니크」)를 찾아 헤맨다. 그리고 90년대의 특정 연도를 제목으로 삼은 세 편의 작품을 경유하여 「커뮤니티」에 이른다. 그는 '공동체'라는 말의 함정을 경계한다. '공동체'라는 말은 구성원의 개별성을 억압한다고 그는 본다. '무리'를 짓는다는 것은 얼마나 위험한 일인가. "정글짐"은 안전하다고 믿었지만 '무리'가 다 같이 오르자 그것은 여지없이 흔들렸다(「1999」). 물론 이와 같은 생각에는 '공동체'나 '무리'의 부정적인 면만을 부각시킨 혐의가 없지 않다. 하나의 목표를 향해 여러 사람이 무리를 짓고 함께 일을 해 나간다는 것은 그 나름대로 의미가 있는 행위임에 틀림없다. 그럼에도 개별성에 더 큰 가치를 두는 그의 판단은 존중되어야 한다.

그는 자신의 이름 앞에 어떤 수식어가 붙는 것을 원치 않는다. "이름 앞에 놓인 모든 형용사들이 징그러운 책"(「어제오늘 유망주」)을 펼치고 그는 단 하나의 자기 자신을 꿈꾼다. 그가 '1990년대'에 집착하면서 연도를 제목으로 삼은 시들을 한때 썼던 것의 의미는 불투명한 상태로 남아 있기는 하지만, 아마도 '1990년대생(生)'과 같은 특정한 범주에 끼고 싶지 않은 고집에서 말미암은 것일 터이다.

어쨌든 그는 개별성의 세계에 기투한다. 그의 앞에는 두 가지 길이 놓여 있다. 삶의 세목들을 늘어놓기가 그 하나라면, 참신한 스타일을 연성하기가 또 다른 길이라 할 만하다. 그리고 이 두 길은 어느 지점에선가는 다시 만나는 길일지도 모른다.

'가족'이라는 역할극

2000년대 후반이나 2010년대 초에 등장한 신인들이 「배틀 로열」과 같은 성격의 '학교'를 시의 무대로 삼은 데 비해, 서윤후는 '가족'을 전경(前景)에 배치한다. '삶의 디테일'을 그린다고 할 때, 그가 세부까지 속속들이 알고 있는 것은 역시 '가족'밖에 없었을 것이다. 그는 '가족'에 귀착할 수밖에 없었다.

가족이야말로 그에게는 가장 개별적인 성격을 띤 것이었다. 그는 "동생이 형처럼 엄마가 언니처럼/ 누나가 아이처럼 아빠가 유령처럼"(「가정」) 행동하는 '가족'이라는 역할극에 대해 말한다. 이것은 다소 변형된 것이기는 하지만, 역시 그 자신의 이야기에 해당한다. 그의 시에서 '아버지'는 "유령처럼"만 출현한다. "검은 발바닥"(「희디흰」)이나 "줍는 것을 좋아하는 사람"(「상속」)이라는 파편적인 기억으로만 '아버지'는 존재한다. '아버지'가 없는 곳에서 그는 "아버지가 되는" 꿈을 꾼다(「계피의 질문」). 그 부재로 인해 가족의 구성원들은 자신이 떠맡아야 할 역할 이상의 짐을 짊어지지 않으면 안 되었다. 그는 "애어른"이 되어서 "하고 싶은 말"을 삼켜야 했다(「희디흰」). 그의 시에는 애어른으로 살아가야 하는 일의 고단함이 묻어 있다. 옆집 사람은 그가 의젓하다고 칭송하고, 어머니는 그가 바르게 커 주기를 바라면서 온 집안을 표백한다. 그는 기대를 한 몸에 받는다. 그

순결한 기대는 그를 슬프게 한다. 그는 그 기대를 자신이 저버릴까 봐 불안하다.

「퀘백」에서 '불안'은 '색맹'에서 비롯된다. 이민자들의 긴 행렬에 끼어 '나'는 어린 누이동생을 끌고 긴 터널을 건너간다. "나를 믿지?" 하고 '내'가 동생에게 물으면, "오빠도 색깔을 모르잖아" 하고 동생이 대답한다. 「퀘백」의 오누이에게는 부모가 없고, '나'는 부모의 역할까지를 맡지 않으면 안 된다. 그런데 '나'는 안타깝게도 '색맹'이다. 그것은 '인식의 불완전함'을 표상한다. 동생에게 의젓해 보이기 위해 오빠는 침착함을 가장하지만, 오누이는 서로의 양말을 섞어 신고서 폭설을 뚫고 간다. 누이의 슬픔도 슬픔이지만, 어버이의 몫까지 해내야 한다고 마음을 가다듬는 나이 어린 오빠의 심정은 오죽하랴. 그는 이 오누이의 슬픔에 높낮이가 있음을 말한다. "구별되는 슬픔"이라고 말이다.

'불안'은 그의 시에서 '공포'(「다정한 공포」)나 '무서움'(「메종 드 앙팡」)으로 묘사되기도 한다. 이때 그의 '불안'은 그가 이 역할극을 제대로 수행하지 못한 벌로 혼자 남겨지게 되는 것은 아닐까 의심하는 데서 기인한다. 그는 버려지게 될까 봐 걱정한다. 그는 '버리다/버려지다'라는 동사를 편애한다. "버려진 신발"(「말라리아」)을 찾아 헤매고, "버려진 아이들"(「아프레게르 푸줏간」)을 부르며, 이 세계가 "누가 버리고 간 세계"(「무사히」)인가 하고 가만히 고민한다. 그 외에도 많다. 그는 "우리는 아직 아무도 데리러 오지 않은 동생"이라고 말한다(「나의 연못」). '장남' 배역을 맡아서 연기하고 있기는 하지만, 그는 '동생'에 지나지 않는다. "어느 누구의 모든 동생"처럼 그는 '책상 밑'이나 '이불 속' 같은 우울증적 퇴행 공간으로 퇴피하여 누군가 자기를 발견해 주기를 기다린다. 그가 기다리고 있는 것은 '아버지' 같은 존재인지 모른다. "누군가 방문을 열어 줄 것 같다는 예감"(「방물관」)에 그는 "대합실 안 사람"(「외상」)이 된다.

그의 시에 자주 등장하는 '선생님'이야말로 바로 그런 존재다. 그의 '선생님'은 그의 또래 시인들이 즐겨 쓰는 대상과는 전혀 다른 존재다. 그의 '선생님'은 처음부터 이 세상에는 존재한 적 없는 가상의 인물이다. "우리는 만난 적도 없는데 헤어지기 바쁩니다."(「거장」)라고 그는 말한다. 선생님은 '저 멀리' "아주 흐릿하게" 보인다는 점에서 저 "유령처럼"이란 비유에 어울리는 '아버지'에 인접해 있다. 그는 '선생님'이 자신의 이름을 자주 불러 주었다고 말한다(「편애」). 사실 그것이야말로 그의 소원이라고 말할 수 있지 않을까.

'사탕'에 베인 상처

서윤후는 "바라봐 줄 사람만 있다면"(「예컨대, 우리 사랑」) 살 수 있을 것 같다고 느낀다. 그의 사랑은 자주 어설픈 모양새로 끝난다. 그는 '소년'에 머물러 있다. 그는 호명을 기다린다. 호명이 없는 한 그는 계속 "계집애 같은 사내아이"(「소년성」)로 남을 수밖에 없다. 그는 '소년'이라는 롤(roll)을 반복할 수밖에 없다. "소년은 거짓말을 발명한다."(「구체적 소년」)에서 볼 수 있듯 그는 진짜 소년이 아니라 '소년'을 연기하는 배역이다. 그는 연기할 수밖에 없다. 청중들이 그를 기다린다. 그의 시에 자주 나타나는 '이름'에 대한 언급은 이 '호명 없음의 갈증', '사랑에 대한 기갈증'을 은연중 드러낸다. "예고되지 않은 비가 내리면 이름 없는 날이 깊어진다."(「무명 시절」)든지 "식물도감은 우리를 호명하지 않았다."(「레오파드 소년들」) 등에서 알 수 있듯이 그의 기다림은 점점 문학적인 승인 욕망으로 전회(轉回)한다.

그런데 이번 시집에서 그가 개별성을 얻는 지점은 '가족'이나 '소년성'이라고 하는 주제보다도 오히려 그가 쓰는 '소도구'들에서 찾을 수 있다. '마카롱'(「곰팡이 첫사랑」), '사탕'(「계피의 질문」과 「사탕과 해변의 맛」), '각설탕'(「설탕의 신비」), '시나몬 파우더와 초코를 입은 땅콩'(「시리얼 키드」)과 같은 '소도구'들은 이번 시집의 달짝지근하고 약간 끈적거리는 질감과 무관하지 않다. 그의 '상처'가 이 달짝지근하고 끈적거리는 감각과 뒤엉켜 있다는 것은 그의 시를 이해하는 데 중요한 거멀못으로 여겨진다. 그와 같은 감각은 소비주의적인 욕망을 환기시키며, 도시적인 감수성과도 밀착해 있다. 그는 이 소도구들을 통해 새로운 스타일을 향해 한

걸음 내딛은 셈이다. 그리고 이 새로운 스타일은 '가족'이라는 디테일을 감싸는 것이 아닐는지⋯⋯.

'아버지'와 '어머니'가 모두 등장하는 시 「계피의 질문」에서 그는 "사탕에 베인 혀"에 대해 이야기한다. 「사탕과 해변의 맛」에서는 입안의 상처를 혀로 만지다가 피가 달다는 생각에 이른다. 그리고 「종이의 생활」에서는 종이에 "베인 상처"에 대한 언급이 나온다. 마지막 언급은 앞의 두 버전의 변형된 형태다. 그의 시에서 '상처'는 '달짝지근한 감각'과 결합되어 있으며, 또 그것은 '종이 = 시(문학)'의 형식으로 재빠르게 전환된다. 사탕에 베인 것이나 종이에 베인 것 정도의 상처를 '상처'라 할 수 있을까. 그가 그 정도의 '상처'에 애달파하고 있다고 나는 믿을 수 없다. 그것은 '상처의 미학화' 이외의 다른 말로는 설명할 수 없다.

그가 시인이 된 것은 마음의 상처가 달콤할 수도 있음을 감각적으로 알아차릴 수 있었기 때문이다. 그는 마음의 상처를 '마카롱'이나 '사탕'의 달콤한 미각과 뒤섞어 보여 주는 방식에 있어서 자기만의 영역을 구축하고 있다. 그리고 그것이 '고백의 형식'으로 이어지고 있는 것은 자연스러워 보인다. '고백'이야말로 '진심'을 담기에 적합한 형식이며 그 고백의 육성은 우리를 한없이 내밀한 마음의 상태로 견인하기 때문이다. 우리는 그 '보이스 오버(voice over)의 내밀함'에서 어떤 달짝지근함을 느낀다. 그는 '고백'이라는 시어를 애용한다. '고백'이 지닌 마력(魔力)에 대해 그는 잘 안다. '고백'이 '고백'이라는 기표에 의지하지 않고도 성립할 수 있는 것임에도, 그는 고집스럽게 '고백'이라는 단어를 사용한다. 사실 그의 '고백'은 내용을 포함하고 있지 않을 때가 많다. 그는 '고백'이 쉬워진다고 고백한다(「취미기술」). 그것은 "근거 없는 상처들"(「덴마크 다이어트」)이 생겨난다고 하는 감각과도 이어져 있다. 내용이 없는 고백이나 근거 없는 상처들은 '형식화한 문학'의 대표적인 양상들이다. 그는 그의 시가 어디에서 기원하고 있다는 것을 잘 알고 있으며, 그 기원에서 멀어진 다음에도 '자동적으로' 발생하고 있다는 점을 의식하고 있다. 그러나 그는 급속히 형식화하는 시의 힘을 거스를 수 없다. 왜냐하면 그 속도에 기대어 그는 상처나 그 기원을 잠시 잊고 시의 표면 위로 계속 미끄러질 수 있기 때문이다.

그에게 시는 발달심리학에서 말하는 '이행(移行) 대상'으로서의 의미가 있다. 부모와 분리된 아이들이 어른이 되어가는 과정에서 부모를 대신할 대상을 찾아 의지하는 것은 자주 있는 일이지만, 그는 '시'를 이행 대상으로 삼은 것이다. 「상속」의 '아버지'가 소년에게 주어다 준 것이 "위인전집이나 백과사전" 같은 '책'이었다는 것은 의미심장하다. 그 후로 '책'은 '라이너스의 담요'나 '인형'과 같은 대상이 되었으리라. 「사우르스」에서 '공룡 인형'이 '빈집 = 어버이의 부재'와 결부되고, 또 '파피루스 = 문학'과 관계를 맺고 있는 것도 같은 맥락에서 이해할 수 있다. 이 시에서 그는

"행방불명된 공룡 인형"을 찾아 떠나는 도정을 "끝없는 꼬리"에 빗댄다. 그것은 『이상한 나라의 앨리스』에 나오는 '긴 꼬리/이야기(long tail/tale)'의 말장난을 참조한 것이겠지만, 그가 '공룡 인형'의 세계를 완전히 잊어버리고 내팽개쳐 버리는 것이 아니라 '찾아 떠난다'고 한 것은 주목할 필요가 있다. 그는 성장을 한없이 지연시키면서 '이야기(tale)'의 세계를 떠돌기로 한 것이다.

두꺼워지는 사전

이 시집의 원고를 내게 맡기고 서윤후는 또 여행을 떠났다. 조만간 나올 여행기의 한 꼭지쯤은 이번 여행의 기록으로 채워지는 것인지 모르겠다. 유럽으로 간다고 했는데……. 지난 11월에는 파리에서 큰 테러 사건이 발생했다. 유럽이 그리 좁은 동네는 아니지만, 나는 그를 걱정한다. 아마도 그는 지금쯤 구로의 자기만의 방에 돌아와 여행의 기억들을 정리하고 있을지 모른다. 나는 그의 여행기 중 일부를 잠시 본 적 있다. 그는 산문을 쓸 때 더 훌륭한 시인이 된다. 떠돌고 있을 때 그는 이미 시인이다.

그러나 나는 그의 떠돎을 좋은 마음으로 볼 수만은 없다. 그의 떠돎은 어쩐지 애잔하다. 그의 마음은 세계를 둘러보는 대신 내면의 방 — 가령 '파리소년원'의 '감방' — 을 한없이 '관측'한다. 그는 '방'과 함께 여행을 떠난다. 그에게 세계는 이미 허물어진 것이나 아닐는지? 그래서 그는 자신에게 없는 '세계'를 재조립하기 위해 떠나는 것일지도 모른다. 자신을 발견해 줄 누군가를 기다리면서……. 그런 의미에서도 그의 떠돎은 그의 시와 동형(同形)이다.

그의 '아버지'가 그에게 '책'을 주어다 준 것(「상속」)처럼 그는 방랑길에서 단어들을 줍는 일에 골몰한다. 그는 자신만의 '사전'을 마음속으로 만들고 있다. 자신의 시에서 그는 '사전'의 두께를 가늠한다. 이 시집에서 계속 반복되는 '이름, 고백, 선생님, 버리다/버려지다, 관측'과 같은 어휘들은 그 '사전'의 쓰임새를 짐작게 한다. 그는 그 '질료들'을 통해 '세계'를 재조립하려 한다. 일종의 '세계 재건 계획'이다! 그러므로 그의 시는 무엇보다도 '자기 구원의 시'라고 해야 한다. 물론 그 구원은 어딘지 요원(遼遠)한 냄새를 풍긴다. 그는 계속 떠돌지 않을 수 없다.

그는 자신의 이름 앞에 어떤 수식어가 놓이는 것을 거부하며, '개별적인 주체'로서 커뮤니티에 참여하고 싶어 한다. 그러나 개인은 사회 속에서 '완전한 개별성'을 유지할 수만은 없는지도 모른다. 자신의 내면을 관측하고, 세계로 나아가는 것을 망설이는 점에 있어서 그는 그의 시대적 동지들과 같은 궤도를 달리고 있다. 인식의 불완전성("색맹")에 대한 그의 불안은, 어른들이 자신에게 주었던 상처를 다른 사람에게는 주고 싶지 않다는 완벽주의의 소산이지만, 그

역시 자신의 시대적 속성에서 멀지 않다. 그러므로 그는 개별성을 의식하기보다 시대적 흐름에 촉수를 더 곤두세워야 할지 모른다. 개별성은 그 과정에서 얻어지기도 할 것이기 때문이다.

이제 겨우 그는 첫 번째 미로를 통과한 셈이다. 어려운 갈림길에서 헤매고 있는 그의 모습을 보면, 아직도 헤매고 다니는 내 뒷모습을 보는 것 같아 마음이 짠하다. 나는 그가 좋고, 그의 시가 참 좋다. 적어도 그는 세계를 깔보거나 비웃지 않으며, 자기를 과시하지 않는다. 그의 시가 자아내는 내밀하고 친숙한 분위기는 '어느 누구의 모든 동생'을 떠올리게 한다. 제목 때문에 고민하던 그가 생각난다. 그가 정한 이 제목은 사실 자기 자신의 참모습이다. 돌고 돌아 자기 자신 앞에 선 키가 큰 소년이 머릿속에 그려진다. 현실의 그는 조숙한 장남이지만, 장남으로서의 책임감 때문에 언제나 어깨가 무거운 이십 대지만, 그는 누군가에게는 어리광을 부리고 싶은 소년이다.

'미소년주의보 발령'이라고 말해 주고 싶지만, 그냥 '소년주의보 발령'이다. 오늘은 그냥 소년이지만, 내일부터 그는 이 시집의 제목을 '이름'으로 갖게 될 것이다. 그의 사전이 더 두꺼워지고, 세상의 길을 두루 걸어 본 그의 발톱이 귀갑처럼 두꺼워지면, 나는 그와 다시 만나 또 사는 이야기나 좀 하다가 갈리고 싶다.

지은이   서윤후

1990년 전북 정읍에서 태어났다.
명지대학교 문예창작학과를 졸업했으며
2009년 《현대시》 신인 추천으로 등단했다.

어느
누구의 모든 동생

1판 1쇄 펴냄 2016년 2월 19일
1판 7쇄 펴냄 2021년 12월 17일

지은이 서윤후
발행인 박근섭, 박상준
펴낸곳 (주)민음사

출판등록 1966. 5.19. (제16-490호)
서울특별시 강남구 도산대로1길 62(신사동)
강남출판문화센터 5층 (우편번호 06027)
대표전화 02-515-2000 / 팩시밀리 02-515-2007
www.minumsa.com

ISBN 978-89-374-5823-1 04810
    978-89-374-0802-1 (세트)

• 이 시집은 2015년 대산문화재단 대산창작기금을 받았습니다.
• 잘못 만들어진 책은 구입처에서 교환해 드립니다.

민음의 시
목록